오늘은 밤이 온다

오늘은 밤이 온다

초판 1쇄 발행 | 2021년 6월 21일

지은이 | 우 혁
펴낸이 | 황규관

펴낸곳 | (주)삶창
출판등록 | 2010년 11월 30일 제2010-000168호
주소 | 04149 서울시 마포구 대흥로 84-6, 302호
전화 | 02-848-3097
팩스 | 02-848-3094
ⓒ우혁, 2021
ISBN 978-89-6655-137-8 03810

오늘은 밤이 온다

우
혁

시
집

삶창

언 강가에 흐릿해지는
풍경은 어디서 한번은 본 것 같아
그저 비누면 족하지
어제를 씻는 데는

흐린 얼굴은 유령처럼 지나가고
언 강이 나를 물고 온다

단단한 수면을 온통 나로 채운다

나를 머금은 거울
한 모금 그림자
어디로 뱉을까
나의 시

차례

1부 　오늘은 밤이 온다

1
부

오늘은 밤이 온다

별이 떨어진다

이름을 붙이기로 했다
수억 년 조금씩 걸어온 너에게,

닿지 않는 것이 아니라
시간이 걸리는 것
먼지와 탁한 공기 때문이 아니라
멈춘 듯, 허나 쉬지 않는
검은 장막이 일렁이고 있어서인 걸
장막의 주름마다
숨결 같은 마음이
멀리서 오는 빛처럼
숨어 있다는 걸,
그 고랑 사이의
물결이 너와 나 사이의
길이었다는 걸

작고도 쓰린 이 한 줌
시간, 들리니?

끊이지 않는 울음소리
너의 태생은 울음과 함께 시작해
울음으로 끝나는 걸
이미 온몸이 울림통이야
사이의 어떤 것도 중요하지 않지
보이지 않음이 서로를 보게 만드는 걸
열망은 늘 시선을 넘어 빛나는 걸
보이니?
네게 걷는 걸음
가고 있다
네가 오는 만큼

이름을 부르기로 했다
네게 가는 걸음 위에, 네 이름을

비린내

　얼굴 왼쪽으로 햇볕 간지러운 아침입니다. 입을 벌려 아 해봅니다. 숨을 들이쉬고 어 해봅니다. 입을 오므려 오 해보다가 비린내를 맡습니다. 집은 낡았습니다. 뼈 없는 집은 가끔 흔들거리다가 충치를 앓기도 합니다. 얼마 전에 식당을 접으신 어머니가 누워 계시고 구석구석엔 남은 식재들이 비린내를 풍깁니다. 햇볕 맞은 왼쪽 얼굴은 아, 해보는 입과는 달리 우 합니다. 그러다 보니 발음은 이 비슷하게 나옵니다. 내가 누워 있고 비린내가 집에 가득합니다. 집은 어설픈 모음을 따라 그런대로 말이 됩니다. 주어가 빠진 어설픈 말이 됩니다. 볕이 들어올 때마다 비린내가 나는 집, 반지하입니다. 다시 한번 아, 으 눈물이 납니다. 하품입니다.

두터운 자물쇠

문을 열 때마다 늘 정전기 때문에 고생하곤 했어, 알지? 겨울이면 더 지독해지는 그것 말야, 우리 집처럼 단단한 철문이면 더 곤혹스러워지지, 그래서 나는 한순간도 방심할 수 없는데, 내 몸에는 그처럼 한번은 휘발해야 할 에너지들이 아직 남아 있나 봐, 그건 그렇고 나는 왜 그렇게 집에 들어가려 애썼는지 몰라, 아무것도 들일 것도 내갈 것도 없는 집을 말야, 그 두터운 자물쇠를 겨우 따고 나면, 이봐 네가 기억나는 거야, 그동안 꽤 오랜 시간을 나도 없는 빈집에서 아무 할 일도 없이 있어줬잖아, 딸각 하고 거실의 스위치를 올리면, 기억은 정전기처럼 내 몸을 밝히곤 하지, 잠 덜 깬 눈으로 웃어주는, 하지만 내게는 아직도 짜릿하기만 한 너의 얼굴이 이 빈집 불 꺼진 창문 위로 비치곤 하겠지, 온몸으로 불 켜는 기억들, 안녕

누군가 지하실에 내려갔다

누구나 지하실에 내려갈 수 있다.
더구나 수가 많은 가족들 사이에선
누가 내려갔는가는 공공연한 비밀이다.

누군가 내려갔다.
컴컴한 계단을 슬쩍 넘어
지금은 어둠 속에 유일하게 밝은
자신의 눈과 대면하고 있을 것이다.

세수를 할 때나 혹은 설거지를 할 때
수도관 사이로 웅웅거리는
진동은 그의 울음 같은 것이라고
알아주기를 그는 바랄는지 모른다.

사실은 얼마 전부터 벽에 스는
곰팡이가 그의 손짓 같은 것은
아닐까 맘대로 생각하고 있는 중이다.

아무도 쓰지 않던 지하실 문을 막아버린 날
그는 끝내 올라오지 않았다.
가끔 수도와 가스가 끊기면
우리는 그의 외로움에 대해서
조용히 속삭이곤 했다.
입구는 막혀 있지만
출구는 어딘가 있을 것이다.
그렇게 믿고 싶은 것이다.
살아가는 일, 숨는 일, 숨 참는 일
비슷한 일과였다.

몸 밖
—몸 밖의 모든 것은 푸르다

길이 아니었다고 말하지 말라 제 맘을 열고 나면 그
때부터는 몸으로 길을 만들어 쓰는 것이다 잠시 나는
이감 중이다 꽃이 흐드러지게 피어 아른거릴 기억 속,
뒤에 남겨둔 언덕도 아니고 그저 척추를 관통하는 비
틀거릴 소로(小路)다 취기 품은 가을 하늘이 이젠 붉은
빛도 띤다 다시 말하지만, 길이 아니라고 말하지 말라
그리고 늦은 밤 전봇대를 붙잡고 구역질하던 골목길
도 생각해보라 가던 걸음에 어딘지도 모르고 부딪쳐
대던 누군가의 통수와 어깨가 문득 나의 것이었음을
어렴풋이 알게 된다 몸 밖에선 벌써 익숙했던 것은 잊
어버리라고 아우성이다 많은 시간 왜 '혼자서'라고 믿
었던가 저리도 많은 몸들이 흔들리고 배경처럼 흩어
져 있던 돌과 꽃과 온갖 잡것들이 뒤섞여 날리는 그
푸른 길을 내 몸이 열어가면서도, 잠시 내가 나임을
잊고 살 때가 도래하곤 한다 취한 걸음으로 집에 돌아
오는 밤

무제(霧弟)

마구 산문으로 풀어내고 싶은 저녁
왔다
잔은 흔들린다 아주 많이
당신의 속은 오늘도 불안하다
섬 넘어 살던
동생이 앞자리에서
한 잔 술도 없이
웃고 있어라
희박한 視界
눈 없고 발 없어도
기어이 닿을
네 자리로
나 가도 되련?
안개가 향냄새 풍기며
오래 앉아 있는
그런 저녁이었다
술잔은 여전히 흔들렸다
한 잔이 십 년이다

보이지 않는

상 끝, 머리는

때 없이 센다

구멍을 위한 속쓰림

피딱지 같아
손을 내미는 일넘은 답을 내고 있다
아침마다 그림자를 게워내는 습관
모든 것은 구멍을 향한다
속쓰림은 경험보다 무서운 것
이름을 부를 때마다 혀를 씹는 일
그래서 이름이 섞이고 비로소 사랑을 안다고 하는 일
발치에 대충 그려놓은 그림자 위에 속삭였다
피딱지 같아
왜 너의 말에 대꾸하는 혓바닥은 뿔이 되는가
자신의 그림자를 베고 잠든 꿈속
오랜 구토 끝에 덤덤해진 손가락을 두고
울기 시작했다
눈물을 배우지 않아도 구멍을 내는 법은
모두가 안다
토사물처럼 널린 꽃잎들이 붉다
해결하라

푸른 밥상

간혹, 밥상 앞에서
생선 가시를 게워낼 때,
잉크 같은 푸른 피를 발견한다면
조금 잰걸음으로
어느 지도의 끝을 걸어봐도 좋으리
그 끝에서 푸른 꽃이
경계처럼 핀다고 해서
놀라지도 말고
떨어지는 밥풀 끝에
푸른 연기가 솟아도
눈 감지 말아

밥상 앞에서
아주 먼 곳을 보고 있을 때가 있어
시선으로는 닿지 않는,
그래서 난 잊지 않으려고
금세 쓸모없어지는
지도를 그리곤 했지

하지만 문제는
눈이 아니고 손이거든
허기진 손은 쉴 새 없이
이승과 저승을 넘나들어,
가끔은 합장하며
무엇도 만질 수 없던 손 가진
어느 시인을 기리기도 하지만
이 몸은 이 손에 달려 있어,
부질없는 거지

갑자기 떨리는
반찬들 사이로
부지런히 한 끼의 입질이 계속되고
고작 두 평 방바닥에
난 붙어 있구나
나물 숲과 해물 호수를 지나
저 끝에 내가 쉴
그늘이 혹시 보이지 않을까

젓가락은 늘 제 뿌리를

상 끝에 뉘고

강은 멀고

입은 헐었네

가끔 흐릿해지는

푸른 밥상

맨 앞자리

파문(波紋)을 느낀 것은
버스를 타고 있을 때였을 게다
맨 앞자리에 앉아 있으면
조금은 알게 된다
앞서 탄 사람일수록
뒤로 밀려난다는 것을

흐르는 물은 한곳에 머무르는 법이 없다
사람은 한결 가벼워진 흔들림으로
제 가는 곳마다 추억의 무게만큼
추를 걸어놓기 마련이다

물결이다 그런 것이 물결의 힘이다
힘껏 저 자신을 밀어내고도
되돌아오는 물결을 받아
호수 위 수초들 마냥
몸 위에 결을 만드는 힘

내릴 때쯤엔

제 기억의 찬 호수 물속에서

끌어 올린 힘겨운 사람 무게 하나

그렇게 갈 곳으로

걸음마다 기억을 질척이며

걷게 될 것이다

잇자국

흐르는 몸을 원한다 했지
난 상류로 올라가 흘러가는 몸들의 이름을
그림자처럼 불러봤어
많은 것은 자신의 몸을 저어
흘러가고 건너왔어
곳곳이 잇자국투성이야

아직 잠겨 있는 건 당신이 말한 시간
보이지 않아도 좋아
나는 더 깊이 느낄 수 있으니
말하지 않아도 좋아
이를 가진 손가락이 내 얼굴을 쓰다듬으니

나는 너의 잇자국
세상은 온통 물린 자국뿐
깊은 나의 것들이 너의
그림자들로 깊어지는 것

얼마 남지 않은 발을 붙일 곳들은
누구의 자리이거나
망각 속에서 흐릿해지는 먼 세상

때론 잇자국만으로 이루어진
설화를 믿었지
누군가의 기억 깊은 곳에
통각을 밀어 넣고
없던 느낌도 세상으로
없던 세상도 하나의 자국으로
밀려 나오는 꿈들만 진짜 꿈이야
속삭이던 어깨에도
누군가의 잇자국만
또렷했어

아무것도 박아넣을 수 없는
몸을 원한다고 했지
오랜만에 마주 본

너의 몸
물기 찬 세월만
삼키고 또 삼켰어
그리하여 다물 수 없는
내 시간이 다시 태어나곤 했지

뜨거운 것

뜨거운 것을 삼켰지
그때는 울음인 줄만 알았다
왜 어른들은
몸 밖의 뜨거운 것만
조심하라 했을까
나는 술을 마시고
안주를 남기고
울음을 삼키고
이별을 각오했지
길지 않은 시간 죽음이 나의
그림자를 묻을 것이라
뜨거운 것들은 사실 속에서
분화되는 것임을 알까
타구(唾具)도 쓸모없이
어느 이름을 뱉는 것은
내 속의 고통임을,
뜨거운 것은
계속 있다

거기에 있다

안녕, 용문객잔*

비가, 흘렀어
아니 그저 물이 새고 있던 거였지
침침한 빛, 복도를 건너
멀리 당신의 그림자 절뚝거려
왜 수도꼭지를 잠그지 않았을까?

기억할 것이 너무 많다
기억할 것이 너무 많아
문 앞에 간판등 깜빡거리고
깜빡 자꾸 눈을 껌뻑이게 돼
기억해야 해,
아니 잊어줘
요즘은 쉽게 잊어
잊었다는 것도 잊는다니까
비가, 왔던가
오래 울어버린 벽이
용을 그리며 물 흘리네

검객들은 꼭 이런 날
찾아오지
손님도 없이
추적대는 밤
종영 시간까지 기다리지 못하는
당신은 이 시간이면
영사실에 멍하니 앉아 만두를 시켜
객석에는 늙은 게이들만 띄엄 앉아
숨죽이고 있어
끝이 있는 저녁이야

아이야 오늘 내 잠이 짧지 않겠구나
얼후** 소리 샤오*** 소리
뒤섞여 기억도 없이 젖어버리는 몸
내 잠이 섧지만 않겠구나

그래 마지막 화장실 청소도
끝났어, 번개라도 치는 것

같아 쓰러져버린
어제, 난 잘 모르겠어
여전히 번뜩이는 것들은
화면 속의 검들인데
자주 착각을 해

셀 수도 없고
셀 필요도 없는
화살들이 극장 지붕을 뚫고
들어오고 있어
며칠 전 적금을 깼어
돈 걱정은 별로 없을 것 같아
옛날처럼 구걸이나 한다고 해도
종종 잘린 팔을 검 삼아
휘두르는 고수들처럼
난 괜찮을 거 같아

잊어도 되지만

자주 뒤돌아보게 되는
퇴근, 황사 날리던
객잔, 길 끝에 서면
그렇게 쌀쌀하다며?
식은 만두는 집에 갖고 가
미안 칼은 놔두고 갈게

아이야 다 젖겠구나
조금만 더 가까이 붙어 걸어라
짧아도 낯선 길이란다

* 〈용문객잔〉은 후진취안(胡金銓) 감독의 1966년 작으로 '용문(龍門)'이란 이
름의 객잔(여관)을 배경으로 한 무협영화이며, 〈안녕, 용문객잔〉은 차이밍량
(蔡明亮) 감독의 2003년 작인데, 〈용문객잔〉을 마지막으로 상영하고 문을 닫
는 극장을 배경으로 한 영화이다.
** 얼후(二胡) : 해금을 닮은 중국 악기
*** 샤오(簫) : 중국의 피리

물속의 칼

아직 빛나고 있길 바란다
손을 베고 떨군 칼
기억 속에서는 헛헛한데
그저 슬픔만 상처처럼 선명하다
시간은 날카롭고 길어지는 손톱처럼
먼 곳으로 갈수록 위험한 것
칼을 떨구고 길을 떠났지
다시 그 잇자국을 발견할 때까지
나는 내 길의 고고학자가 되리라

발바닥

알고 있었지, 알고 있었어
꽃은 피고 지고
더 이상 머무르지 마라
길은 나를 알고 있었고
나는 모든 길 위에서
하나의 기억이었네
머물면 그대로 뿌리가 되는 거고
걸을 때면 비로소 내가 되는 거지
그 걸음이 퇴근 무렵의 골목길에서든
풍경을 밟고 가는 무심한 거리에서든
햇살은 쏟아질 거고
비바람에 쉰내가 배기도 할 거다
절벽 같은 마음으로 길을 핥아본다
나는 길의 미식가
누추하고 남루한 사연은 좀 접자
내가 닿아야 그제야 길이 되는 거고
모질게 뜯어낸 마음 한 자락이
길 위에 꽃잎처럼 흩어지는 거라

바닥을 만나자 떠나는 심정으로
길을 뜨네, 세상을 뜨네
배신의 힘으로 앞으로 가네
모든 걸음에는
반성의 굳은살
밤마다 하늘에 흔적 남기면
모처럼 그림자에 기대 쉬지
나는 가장 낮은 혓바닥
얼얼하고 또박대는 진통의 낱말들
아득하고도 멀다

문신

내 살 위에 손톱으로 쓰던 시들은
불꽃처럼 번쩍이다 사라지는 획들
어릴 적 어두운 방 담요를 뒤집어쓰고
하던 장난 같지 않아요?
손톱 끝을 따라 따닥 소리를 내며
잠시 빛나던 것들
그것이 정전기라는 이름을
갖고 있었다는 걸 알게 된 건
나중의 일
내 살 위에 쓰인 시가
상처라는 이름이 있다는 것을
안 것도 나중의 일

오늘은 밤이 온다

아직은 당신을 기다리고 있습니다
기다린다는 말에는 더 이상
거하지 않는 당신
온다는 말을 하고 기다린다는
말을 따라 하는 당신

오 말을 타고 말을 따라 하는 자여
어디서 와서 어디로 가나
어떤 장(章)들은 뜻하지 않게 붙어 있네
말을 타고 말을 따라 하는 자여

아직은 저녁입니다
당신은 벌써 타버렸지요
저녁 구름이 밤 구름입니다
이 당연한 말들을 예전에는
차마 못 했더랬지요
웃음을 기다리는 당신
접어둔 골목길을 모두 냄새 맡는 당신

말밖에 남지 않은 행성에서
모두 반인반수가 되고 있어요

푸른 잉크가 번진다
'눈물을' 이라고 표기된 뻔한 답습을,
냅킨 위에 끄적인, 사랑은 모두 밤이었다
비어 있는 수식을 달달 외는 밤,
답은 읽을 수 없다 이 수식으로는
끝이 보이지 않는 아침
아침은 말을 싣고 온다

오 말을 타고 말을 따라 하는 자여
길은 녹아내리지 않는다
그저 날아가며 타버린다
말을 타고 말을 따라 하는 자여
따라잡을 수 있겠니

오늘은 밤이 온다

오늘은 밤이 오지요
그러나 아직 그럴 저녁은 아닙니다

不在의 혀

부재중이란 말이
귓구멍 속에 가득 찼다
잠시 잊고 있었지
네가 지금 없음을,
내 혀는 그릇,
없음이
그 그릇 위에 가득 차네
부재의 맛
소리를 얻지 못한
그리움은 저녁놀로 저리 감감해지는가
빈 가슴이
저토록 크게
어둔 하늘 훤히 내비치는
구름 구멍에
위안을 받곤 한다
맛 아닌 맛
그리하여
말은 바람의 힘을 빌려

날아오르다

겨울 찬 바람에

반짝 별빛 얼음이 된다

너에게 걸던 전화를

끊고 나서

헛바늘이 깔깔하게

느껴지는 까닭이기도 하다

아무 맛도 느껴지지 않는다

바람
―몸 밖의 모든 것은 푸르다

돌아올 때는 언제일지 몰라도
돌아올 곳은 여기밖에 없네
눈물은 삼킬 때만 의미 있지
흐르는 것들은
이제 다른 이름으로 멀어지거든
바람이라고 쉽게 말할까
세상의 끝에서 처음으로
아무것도 아닌
몸을 밀어내는 것
다른 누군가를 끌어안고
흩어지는 것
흐른 눈물이 떨어질 틈도 없이
말라붙은
윤곽을 따라
흔적 밖으로 자리를 만들지
태어나서 오직
바람만 말할 수 있다는
아이

흔들리며 자라네

2
부

_____

개가 있던 초원

튀김집 여자

여자는 개업 선물이었던
화분의 이름을 모른다
손엔 튀김옷이 덮이고
얼굴엔 땀방울이 달린다
섭씨 170도의 좁은 가게는
벽지가 울고
낡은 얼룩들이
제자리인 듯 붙어 있다
나이 먹고 느는 건 농담이라며
양념장을 낸다
한숨 섞인 말에선 기름 냄새가 짙다
철 지난 농담
화분에 얹혀 온통 기름을 쓰고 있는
나무에는
땀방울을 닮은 자잘한 잎새들이
울가망한 표정으로
흔들거린다
튀김을 든다

농담처럼 여자의 속살이 씹혔다

엄마의 술집, 그 집의 술국

엄마는 아무것도 몰랐다
밤이 깊고 입김이 거셀수록
겨울은 엄마 집에만 머무는 거 같았다
술 없이 밤을 견딜 수 없는 족속들
오로지 시키는 건 술국뿐
가끔 식은 밥을 말아대며
씩씩대는 김 씨는
국물을 삼킬 때만 사람이 됐다
식은 국물을 몇 번이고 다시 데우고
그때마다 내장이며 순대며 은근슬쩍 더 들어가는
덤덤한 덤은 엄마도 모르고 김 씨도 몰랐다
그러니 나도 모르고
꾸벅 조는 겨울이 더 슴슴한 맛을 내는 거였다
하나 아니면 둘
빨리 비우지도 못하는 잔이
자꾸 밤그림자를 게워내는 것 같았다
어느 유적지에서 오래 유물이 되고 싶었던
입맛이 몇 번 사람이 되곤 하는 밤이었다

Blow up

너는 잊은 얼굴만큼이나 손이 크구나
어느 날 슬픔은 잔뜩 젖은 손으로
내 배를 찌른다
새로 생긴 호떡집 아줌마는 초보
호떡 반죽은 팬 위에서 계속 팽창한다
정말 조물주의 실수는 멈추는 법을 몰랐다는 거
얼굴만큼이나 그 주름만큼이나
이제 곧 노화로 산화될 턱뼈만큼이나,
커진다 커진다, 팽창은 돌아볼 줄 모른다는 말
　그러는 동안에도 아줌마는 손 위에 기름 튄 화상을
더 걱정했지
　난 이천 원을 내는 법만 익힌 초보
　정말 팬보다 더 큰 얼굴을 떠올리며 젖은 호떡을
　삼키네 삼키네 복통은 불현듯 찾아오는 걸음,
　골목에 길게 뻗은 그림자만큼
　닫히지 않는 틈새들

등 굽은 사내
―몸 밖의 모든 것은 푸르다

등 굽은 사내 있었네
푸른 달빛 속을 비틀대며
달려가네
몸속 어디에서도
찾을 수 없는
푸른 밤
가끔씩 늙고 가끔씩 절망하네
많은 시간 바닥을
찾으려고
깊게 숨을 쉬다
허공에 깊은 우물을 파네
거긴 다른 세상
굽은 등이 두레처럼
허공 속으로 가라앉네
사내는 겨우 푸르게 빛나는
한 모금 물 얻네

오래전에 그 사람을 만났지

열 살 조금 넘어 만난

등 굽은 그 사내

가끔씩 기억하고 대부분 잊고 살지

같은 말을 몇 번씩 되풀이할 때나

취한 밤, 지독하게 목이 마를 때나

푸른 허공 속의

우물물을 생각하곤 하지

부질없네, 마음보다

몸이 더 먼저 알지

푸른 눈 가진 물고기 떼

오늘도 어김없이

밤하늘을 건드리네

봄에, 차가 다니는 산길

그러니까 보자,
모두 나물을 씹고 있는 거다.
봄이라는 거지
씁쓸함도 추억이라는 거고
간음도 양념인 거지
다만 비빔밥은 간이 맞지 않는다
쌍
생의 시간
갈라진 혓바닥으로
입맛 다시며
다시 똬리 틀러 내려가는
春眠의 한낮
가끔 나는
길바닥 위에 인화되곤 한다*
꾸역 넘기는
생의 한술
싱겁거나 쓸쓸하거나

* 로드킬(roadkill) : 시간은 잔인한 운명에 치어 조각나기도 한다.

감나무집 사내

허물어진 것이 싹을 낸다
높이 달려 있는 놀빛 저것
사내는 인사성이 밝았다
술 냄새 풍기는 그 인사에
가끔 놀 진 저녁 하늘 위로
비스듬한 새털구름이
흘러들어 박히곤 했다
생전 공일 날 놀던 윷판과
수다 가득한 술자리가
동네 어귀서부터 시끄러워질 때
산다는 건, 흔들리다가도
문득 일어나 아는 체하는 게 아닐까
궁금했던 골목길,
그 길 따라 발그레한
감나무 가지 꾸벅대고 있다

다리 위의 사람들

매일 저녁이면 서성대는 사람들
다리 위를 사뿐 건너네
수상한 기척도 없이
집 혹은 길로 향하는 걸음들
그 틈에서 넌 난간에 기대 말했지
몇 푼 보증금 때문에 죽고 싶다고,
그게 단순히 허기이거나
가난이란 말이
아니라는 걸 짐작했네
때마침 다리를 가로 건너는
거미집 씨줄이
콧잔등을 스치네

다리 위에 사람들이 있어
유령처럼 바람을 타고 있네
깜박이며 희미한 윤곽
깊이, 그림자 물결 위에 새겨지지
다리 중간쯤에, 뜻 없이

매어둔 개가 짖으면,
상판까지 불어난 물 위에
제 그림자를 뜻 없이
비춰보는 얼굴들,
깊은 강은 놓치지 않고
흔들어대지
다리 위에 사람들이 있네
그림자만, 저녁 해거름
물결 위로 목 길게 늘인
탁한 가을

다리 위에 사람들이 있다
이젠 군내가 나네
그림자만 남고
몸만 슬쩍 건넌
다리 위

오늘 저녁

이게 오늘 저녁이야
아이의 손엔 핫도그가 들려 있다
아버지가 잔돈을 움켜쥐자
걸음이 빨라졌다
1000원짜리 만둣집이
별 볼 일 없는 취객들을 달고서는
어두운 백열등으로 빛나고
또 흐려지고
한때 막역했던
호프집이 멀어진다
오늘 저녁이다
이게 오늘 저녁이다
언제라도 빛날 수 있고
언제라도 꺼질 수 있는
저녁이다 갑자기
멀뚱한 아이 눈이 마주쳤다
횡단보도 신호등이
깜빡대고 있었다

집까지 남은 거리만큼
멀고도 느리게
허기진 잔돈 소리가
따라 건너고 있었다

아는 골목

아는 길을 잊어버렸다
알던 얼굴을 잊어버렸다
늙은 시간을 재고 또 안다고 알고 있다고
말한 골목길이 눈물처럼 차올랐다
어디 가시는데요
가는 걸 잊어버렸다
베어낸 길이 생살처럼 저렸다
늙은 시인의 얼굴이 달그림자 같던 밤

말을 걸었다 아는 얼굴,
알고 있는 맛 피할 수 없는
골목을 알고 있다 끄덕였다
잊은 내 의지를 더 강한 바람이 흔들었다
또 그 골목이었다

더럽고 탁한 술잔

1
평생 헐거운 이름을
올리던 낡은 평상 위에서
치우지 못한 잔을
발견하네 난 다시
멈추지 않는 잔주를
흘리고 얼굴을 쓸어봐,
그때까지도 눈치채지 못한
수염이 온통 얼굴에
돋아서 계절이라는 건
시커먼 털북숭이라는 걸
나이처럼 깨닫는데
머리숱만 적어지는 계절
터럭처럼 이파리들
눈이 따갑다

2
눈물을 흘리지 말라고

세상에 어느 눈물이 그렇게
흔하고 하릴없을까
삼키지 못한 것들이
눈물이 되고 만다는 짐작
어떤 날은 기필코 맞아떨어진다

3
술잔을 든다
그건 마치 성기 같기도 하여서
때론 차갑기도 뜨겁기도 한데
불쑥 내 몸에 들어왔다가
견디지 못하고 사래 끝 눈물처럼
가물한 이름이 되었다가
휘발한다
그때마다 더욱 단단해지는
피부, 하나의 생이란
온통 각질을 벗기는 일로
시작과 끝을 채우고 있는 것인지도

모른다

4
평상은 계속 모서리가 닳아가는데
눕든지, 먹든지
계속 그 위에서 벗어나지 못하는 시간
차이가 있다면 평상은 한없이
원탁에 가까워진다는 것
알고 보면 상 위에 걸터앉지도 못하고
부유하는 것뿐인데
어느 날은 눕다가 퍼뜩 누군가의 이름이
생각난다

5
누운 채로 잔을 밑에서 보니
알 수 없는 글자가 선명하다
여지껏 붙여대던 이름도
이 뻔한 ORIGINALITY에 미치지 못한다

입김을 불어보니
숱한 손자국이
나타났다
사라진다

겨드랑이

왜 아무도 그것에 대해 말하지 않았을까
그저 부끄럽기만 했던 오후
한참 전에 문 닫을 기미가 보이던
채석장은 폐업 준비 중이다
많은 것들이 숲으로 갔다
이제 그 속에서 녹아버린다고 해도
도로와 닿은 그 경계에서
가끔씩 발견된다 해도
어떤 신고도 접수되지 않을 것임을
모두 침묵으로 동의하고 있었다
그저 우리는 채석장을 하나 삼킨 숲을
사건처럼 기억하고 있을 뿐이다
뻔뻔했지만 그 경계에 생긴 톨게이트에서
다수는 요금 내기를 거부했고 질주했다
지상과는 결코 닿지 않겠다는 각오로
몸은 유선형으로 변신하고 얼굴은 함몰되고
결국 지상에 커다란 핏자국을 남기고 만다
—입을 다물 수가 없어요

낯선 단어들이 눈발처럼 들이쳐도요
상처는 맞은편으로 향한다
사람들은 뿔을 갖게 되었다
오래전 만화책*에 나오는
인물처럼 충돌했다
숲은 파열음으로 견고해진다
모두 턱 앞에 가드를 올리고
설령 팔이 떨어져도,
시커먼 팔꿈치의 각질은
자존심이라도 되는 것처럼,
입을 다문 채 빨라졌다
잊는 것도, 다시 되새기는 것도,
그리고 따라붙는 덤덤함도,
허나 가슴 언저리는 늘 허전했다
단단한 기관이 무른 살덩이 속에서 노출되는 일
실은 자연스러운 일이었다
다만 흔히 일어나진 않았다
아무도 말로 하진 않았다

* 주인공은 오래전 자신이 살인을 저지른 동네가 재개발된다는 소식을 듣고 암매장한 시신을 찾으러 그곳을 다시 찾는다. 그리고 시신을 묻은 장소를 찾기 위해 무던히도 길을 묻고 다닌다.

메콩 호텔

우기의 호텔 방에서
그대와 난
젖은 발가락으로
벽에 환을 치고 있었어요
어울리지 않는 말들은
모두 녹아,
우린 담담하면서
끝이 달큰한
관절만 씹어댔어요
몇 번 손이나
발을 잃어본 것처럼
모서리의 혓바닥만 바라보다가
이윽고 내장 밑에서 올라오는
곰팡내에 깔깔 웃었어요

아직은 농담이었어요
물의 깊이는
농담의 정도로 정해졌으니까

깊은 물속에서
우리 중 누군가는
옆구리를 먼저 감싸 쥐었고
누군가는 지극히 높은 곳으로
떠올랐어요
그대는 나를 바라보며
폭소를 위한 예비 동작인 듯
끝없이 현재를 반복했죠
물 위로 뜨는 것은 웃음이 아니었어요

눅눅한 입맛으로 물가에 서면
뼈 위로 물결을 닮은 테가 생겨요
흘러가지 않는 것들은
입술이 되고 바람이 되고
가끔 눈에 어리는 은결들이
숨소리처럼 맴돌아요
다시 물속,
세상은 끝이 아니었어요

이런 시작

개가 있던 초원

고지서 수신지를 모두 근무지로 돌리고 온 날 집으로 낯선 고지서 하나가 날아들었다 "공공우물 청결 유지비" 발신지 불명 가끔 불분명한 곳으로 내 양(羊)들은 사라지곤 한다 방목 중이던 짐승들이 사라지거나 섞이는 것은 익숙하지만 낙인도 없는 가축이 내 것임을 또 일정치 않은 내 주소를 어떻게 알고 보냈을까 이 달 말까지다 과태료도 있다

풀이 있는 곳은 지나칠 수 있어도 물이 있는 곳은 넘길 수 없지 지금까지 거쳐온 숱한 우물을 떠올린다 오늘 아침엔 개를 묻었다 묻다 보니 예전 다른 개를 묻었던 그 자리다 뼈만 남은 주검 밑엔 물이 고여 있었다 오늘 죽은 개도 물을 떠날 수 없다 이제 새로 양 치는 개를 한 마리, 구할 일만 남았다

방목장엔 길이 많지 않다 열려 있지만 갈 곳은 정해져 있다 별들이 그러하듯, 잠자리는 언제나 훤히 보이는 거다 개를 사러 가던 중에 고지서 때문에 은행에 들

렀다 생수 통 옆에서 오래 앉아 있다 오는 길에 장마
가 시작됐다 좋든 싫든 이번에는 꽤 오래 머물게 될 것
같다

아무르, 걸음

아무르, 걸음
먼 강의 이름 계속
잊게 되지 얼굴
이 삶이 다 가도록
나타나지 않다가
머쓱한 표정으로
지각하는 얼굴
이 삶이 시작하는
순간부터
내 걸음은 늘 늦어지고
아무르, 실수로 두 번 찍은
마침표, 종종 먼 대륙의 강변을
그림자처럼 걸어가곤 해
이번에는 두 번이면 충분해
그저 빈자리
자꾸 쓸어보는 마음
Amabo te,*
세 번이면 누구도 말할 수 없지

그저 잊게 해주십시오

Amabo te,

닿지 못한 옛 강의 시원

멀어지기에 더욱 빛나는 말씀

그리하여 아무르

자꾸 불러보는 물결

* 라틴어로 부탁이나 애원을 할 때 붙이는 관형어, 원래의 뜻은 '나는 당신을 사랑하겠다'라는 문장이다.

가시

그해 12월 모든 뉴스는 너무 일찍 도착했다.
길가에 서 있던 건물들은 제각각 틈을 벌리고 서서
끝도 없는 골목을 양산하고 있었다.

"그러니까 거기서 보자고, 거기."
"어디라고?"
"아, 안 보여?"
"도무지 보이질 않아. 웬 전선들이 이렇게 엉켜 있
는 거야?"

두런거리는 사내들의 속삭임에도 아랑곳없이 10년
째 한곳에서
 붕어빵 장사를 하는 아줌마는 직접 붕어빵을 열어
 그 속에도 가시가 있음을 보여주었다.

틈이 생겼고 건물들이 무너지려 하고 있었다.
틈 사이로는 햇빛이 간혹 비쳤다, 골목은 흉물스러운
가시들의 윤곽이 되곤 했다.(골목은 생선구이로 유

명한 곳이기도 했다)

각 건물의 1층 입주자들은 침까지 뱉어가며
쓰레기들을 훑어내었고, 마른 낙엽 같은 말들이
뒹굴고 있었다.

보이지 않는 것은 너무 멀리 쓸려갔다.
보이는 것들만 제 몸뚱이
바람에 날리며 놀란 소리만 내고 있었다.

삼켜진 말들이 문제였다.
흔들거리는 건물들은 긴 그림자를
내었고, 기껏 모아놓은 말들은
그림자 속에서 사라지거나
유령처럼 건물 속을 헤집고 다닌다는
소문도 돌았다.
사람들은 쉽게 입천장을 찔리거나
각혈을 했다.

모든 뉴스는 너무 빨리 왔다.
혹은 아무것도 뉴스가 아니었다.
붕어빵을 파는 아줌마는 재빨리
탄 것들을 옆으로 치웠다.
다들 옆구리로 삐죽 가시가 돋친 것들이다.

물속의 길

아무도 초인종을 누르지 않았다
어두워서였거나 아무도 그것을
초인종으로 보지 않거나,
그 아무라고 해도 이름은 있다만
우체부, 외판원, 여호와의 증인,
그 외에 다른 것은 필요 없다는 듯이
계단참에 쌓여가고 있는 이름들

바닥으로 발톱만큼 물이 차오른
집으로는 쉽게 내려올 수 없다
다만 그 집에 머리를 둬야 하는,
푸념 가득한 주인이거나
때론 어떤 배달물이든
거절해야만 하는 사람이거나
그래도 그들에겐 물 위에 길이 있었다

수리공은 옆 동네 사람이었다
부른 지 며칠이 되어도

오지 않았다 재개발 반대 시위가
수몰지구보다는 매력적이거나
적어도 반지하에는 살지 않는 사람일 것이다

며칠 전만 해도 그는 모든 종류의 보일러를
다룰 수 있다고 했다
더 이상 보일러는
아무것도 덥힐 수 없었다
사는 건 어차피 물속만큼이나
답답한 것이긴 했다

다만 겨울이 아니길
다만 결제일이 아니길
다만 푼돈이라도 있는 날이길
바랐다 그닥 쓸모 있는 소용은 아니었지만
없는 소망보단 그래도 나았다
그 사람이 죽었다
아니 죽임을 당했다

끝도 시작도 아닌 사건이었다
죽음은 언제나 과정이었고
발단은 언제나 사람이었다
보일러를 고치겠다던 사람은
영영 이 수몰지구를 오진 못하겠지

척척한 자리를 깔고 눕는다
사연은 어두운 방 안에 가득하다
함부로 전기를 켤 수도 없는 방
물로 못다 한 사연은 불로 오르려는가
이젠 물속으로 길을 만들어야 하리라
오늘은 보일러가 터진 날
끝도 시작도 아니었다
다만 물속으로 길이 이어지고 있었다

눈을 보다

끝내 미치지 못하는 것은 누군가의 이름이었다

당신의 말은 너무 웅얼거려 알아들을 수 없는 게 대부분이었지만

가끔은 내 이름이 섞여 들린다는 것만으로 난 긁적일 수 있는 등(背)을 갖게 된 것 같아

긴 기침이 섞여 나오는 새벽

당신 생각에 평생 할 일 없던 기도를 하네

문득 거울 앞에 흠칫 놀라 보는 내 눈동자에

그림자 아른거려, 당신 거친 윤곽이 아침놀로 흐릿하게 빛나는 걸

오늘은 그저 맑은 날이길

눈을 보네

가뭇한 윤곽들이 구름처럼 흩어지네

고통

나를 닮은 얼굴이
한쪽으로
하나의 느낌으로
뾰족해진다

나를 어루만질
손과 혀가
스스로를 베곤 한다

다치는 것들은
모두 마음이 있다

3 부

불길한 광선과 기이한 날갯짓

불온한 몸

파도에서 네가 걸어 나왔다
몇 번의 화장(火葬)이 있었고
그때마다 여지없이 폭발음이 새 나왔다
수습된 이름들은 모두 지독히도 썼는데
발이 젖었다
그날 내 가슴 위에
너의 잇자국이 났을 때
눈치챘어야 했는데,
이제 지울 수 없겠구나
한 발 더 가까워지겠구나
내 이를 검게 물들인 것도
그때부터였지
—넌 발 모양이 이미 영장류가 아니야
그림자만 가득한 바닷가에서 너는 속삭였다
파도는 아랫목으로 퇴화 중이었다
수 세기 동안 눈에 띄는 변이는
발생하지 않는다
그리하여 이따금

'모든 흔적은 사라진다'라고 적는다
끝없이 윗목으로 수렴하는
너의 기관(器官)들
내겐 걸을 때마다 허공을 깨무는
버릇만 목숨처럼 남았다

화석을 만지는 밤

　밤은 단단하다 낮부터 숨겨둔 이야기들 입안에서
깔깔하다 분명 자신의 그림자를 그림으로 남겨둔 고
대의 풍습이 남아 있을 법도 하건만 말랑한 뇔 자리가
나온 이후로, 자리는 온갖 허물들의 지층만 쌓아 올린
다 꿈자리는 고열과 땀으로 얼룩진 며칠이다 지리한
꿈이 몇 겹이나 들러붙은 유적지, 꿈의 단위는 시간이
다 아직도 밤은 단단하다 휘젓는 손짓 몇 번에 끈적한
속살들이 들러붙는다 잊어야 한다 누워 있던 자리, 잊
었던 것은 종종 피 묻은 몸으로 나타난다 모든 화석은
욕창을 앓는다 요컨대 뼈저림의 시작, 끄덕대며 기웃
하며 고개를 가누지 못하는 내 성체(成體)는 석탄기나
데본기의 어느 지층에서 발굴될 듯하다 밤에만 느낄
수 있는 몸, 기어이 보고 말겠다고 오래 붙어 있던 허
물들 털어낸다 훌훌 불며 검붉은 물을 마시는 시간, 詩
는 그때쯤 혀끝에 달라붙는 것 같다

그림자의 변명

조금 덥다 싶은 날이면
허투루 흩어놓은 듯한 철자들을
찾아보아요
성급할 것도 없는
오후, 오전부터 쌓인 볕은
자신의 퇴적층에서 당신의 눈을
화석처럼 발견하곤 할 거예요

눈물을 닦으라던 닦으라고 애원하던
오래된 노랫말은
'무엇인가 꽉 찬' 지면 위에
라벨처럼 붙어 있어요
그러다 당신은 무심결에
툭 치고 지나가기도 해요

몸 바뀐 그림자
난 사랑을 그렇게 부르곤 했어요.
없음에 대한 기록들

있어 본 적이 없는 운명들은
종종 잘못된 발음으로
발화해요
괜찮아요
오자를 찾는 일이 아니에요
있어달라는 애원이었죠
이럴 때 흘리는 눈물은
제법 알 굵은 호박색이랍니다

불길한 광선과 기이한 날갯짓

손톱 밑이 더럽다고 느꼈을 땐
계절 하나가 사라지고 있었다
건너가기에는 너무 먼 걸음이
검은 물 가득 고인 채 흐려졌다

나는 괴물이 필요해
너의 거친 숨소리처럼
술자리 끝의 악다구니처럼
밋밋하지만 살짝 쓰리고
한없이 가볍기만 한 악력(握力)

너는 자세보다 먼지를 사랑해서
끝이 아닌 것들의 이름을 꼽느라
하루가 갔어
빛나는 것들이면 모두 이름이 있었지

그해에는 마모가 심했다
노인들의 기침은 모래 가루처럼

바닥에 떨어졌고
새들은 그것들을 쪼아대며
길 위에 몸을 긁어댔다

어둠은 증명되는 거야
어둠이 어둠임이 증명되어야 비로소 그림자인 거지
너는 새의 발자국을 따라갔고
자주 넘어졌다
그게 그해의 마지막 날갯짓이었다

저녁의 일부

대부분의 죽음은 발을 내어놓는다
죽어가는 자들은 서로의 손을
손으로 핥아보며
휘파람을 연습했다
우시장이 가까운 곳에서 드디어 목동들은
자신들이 발명한 언어로 공평하게 저녁을 나눴다
그것은 딱 1음절로 끝나는 노래였으나
방향을 달리해서 보면 두꺼운 음계들로
계곡을 짓고 있었다
  눈을 잃으면
  발을 굴러야지
  손을 잃으면
  드디어 입술을 움직일 시간
얼핏 알아챈 가사의 일부
누군가는 거기서
밥 뜸 드는 냄새를 맡았다고
고백을 했다
화장(火葬) 불이 붙은 채로

따라붙는 발자국,
눈치챈 객들은
다 타기 전에 그림자를
염하는 법을 익혀야 한다고,
아주, 아주 조금만 얼굴이 보여도
서로의 입을 막아주곤 했다
산길을 넘고 돌아도
불타는 발자국이 보인다고 수군대다
곡소리를 새소리로 착각하기도 했다
저녁만이 공평했다
알고 보면 얼굴에 묻은
허기를 터는 일
평생 짓던 표정은
하나가 된다
모두 짙은 입맛을 다시는
저녁의 일부

가르기

살을 베는 것은 칼날로 하는 것이 아니에요
먼저 자신의 손에서
칼을 오른쪽이든 왼쪽이든
비스듬히 기울여 줄 줄 알아야 하죠
그리고 약간씩 힘을 줘보세요
잘립니까?
잘리면 틀렸습니다.
날은 자르는 데 쓰이는 것이 아니라
힘을 전달할 뿐이죠
그저 가른다고 생각하십시오
사실은 모든 살에는 틈 같은 것이 있어서
누군가 대기만 해도 열리듯 벌어지는 것이거든요
주저해서도 안 됩니다
너무 많은 힘이 들어가서도 안 되죠
벌어진다는 것은 기적이 아닙니다
그냥 말 없는 것에 입을 내주는 것이죠

보입니까

당신의 몸속에
이제껏 갈라왔던 환한 상처가 열려
와글거리며 쏟아지는 말들이

그 길을

칼을 쥔 것은 오랜만이었다. 손에 익숙하지 않은 것은 당연했지만 아직 따뜻한 살덩이를 보면서, 얼굴을 떠올리는 것도 오랜만이었다. 누군가 큭큭대면서 고기 위 널찍하게 낸 칼집 속으로 손가락을 넣었다 뺐다. 모두들 따라 했다. 경직 전의 근육은 우리의 반복운동에 대해 적당히 반응했으며 따뜻했다 아직은. 어차피 아무도 듣지 않는다고 여기고 혼잣말을 시작했다. 그래서 진피가 벗겨지고 남은 살 위엔 어제의 문신이 새겨지고, 이미 눈알이 빠져버린 눈은 나에게만 윙크했다. 문밖에 길이 있었고 좁았다. 빠져나가는 것은 혼자면 충분했다. 우리는 뼈를 스치며 날을 움직였다. 자꾸 훔친 코밑으로 흉측한 흔적이 코피처럼 남았다. 길은 날 끝을 따라 반응했다. 반사된 햇살에 길은 그림자를 냈고 뜨거웠다. 모두 여름 바람 같은 숨을 내쉬었다. 적당했다. 길을 도려내기에 우리는 충분히 젊었고 다시 그 길을 묻을 만큼 영악했다. 다시 얼굴이 떠올랐다. 입가심처럼 끈적한 침을 혀 밑에 재우다가 더러는 사래기침 끝에 삼키곤 했다. 웃었다. 웃기는 냄새가 났다.

칼을 거꾸로 쥐자 고깃덩이들이 점차 사람 꼴을 갖췄다. 혀에도 자국을 남겼다. 잊지 말아라, 길은 내장에서 비롯한다. 그럼에도 차갑게 식어가는 건 누구도 어쩔 수 없었다. 우리가 핏물을 받은 바께스에 거꾸로 박히는 건 어쩔 수 없었다. 간이 덜 밴 채 혈장(血醬)이 되는 건 어쩔 수 없었다. 혀 밑에 새겨놓은 표식을 뒤집어 길이 되는 것도, 그 길을 다시 되짚어야 하는 것도, 그 길을 때로는 삼켜야 하는 것도, 그 길을.

구멍날

　이 동네에서는 해마다 죽은 사람들이 돌아오는 일이 있다 한다. 뭐 별로 특별한 일이 아니다. 너무나 당연하게 생각되어 동네 사람 누구도 별 이의를 제기하지 않는다. 단지 그날이 기일도 아니고 정해진 날이 아니어서 언제일지는 아무도 모른다고 한다. 썩은 팔다리 그냥 달고 쩔렁거리면서 그저 아무 집이나 들어가 밥도 달라고 하고 술도 달라고 한단다. 그걸 두고 부활이라고 말하는 법도 없고 기적이라는 허튼소리는 누구도 않는다고 한다. 밥을 먹을라면 숭숭 뚫린 얼굴 다섯 구멍 새로 밥알도 빠지고 술을 마실라면 목구멍으로 드는지 콧구멍으로 드는지도 몰라서 질질 새며 지들끼리 실실댄다고 한다. 이리된 지는 하도 오래라 동네서 젤 낫살 먹은 노인도 모른다고 하고 댓 살 먹은 동네 꼬마도 무섭단 말 한마디 없다고 한다. 흉하다 그러는 이 없으니 아무 집 아무 사람도 밥 내주고 술 내주길 꺼려하는 일 없고 그냥 가도 돈 달라고 매달리는 사람도 없으니 썩은 이들끼리 술판을 하든 노름을 하든 싫은 소리 한번 없다고 한다. 다만 얼마나 수고가 많으시냐고 갑갑한 관(棺) 생활도 싫으시거든 빨리 썩으라는 인사는 자주 오간다 한다. 말은 적고 일은 많이 하랬다고 밥술 먹었으니 값은 치른다며 오만 동네 헤집고 다니면서 밭에 똥도 치고 논에 피사리도 뽑지만 되는 게 일이 아니라 치울 게 일이라 사람들 그만하면 되었다고 빨리 보낸다 한다. 지들끼리 또 낄낄대며 꽹과리도 치고 북도 치며 명년에 다시 오마고 왔던 길 돌아간다 한다. 동네 사람들 썩은 내 맡으며 뒤치다꺼리하다 한숨 함께 섞으며 구멍날 지났구먼 한단다.

모두를 위한 침묵

모두 눈을 감았다
이름은 이제 그 안에만 머물렀다
누굴까
모두가 눈을 떴다
서로가
오랜만에 보는 표정이었다

자국

꼭 같은 것을 찾겠다고 했어

바람은 이런 날 얼굴에 금을 하나 더 긋고 가

오직 때늦은 기억만이 이 괄란을 막을 거 같아

돌을 들춰보면 어제의 흙냄새들, 나무를 쪼개보고
서는

한없이 닮은 무늬들로 슬퍼했어

굵어가는 달그림자를 앞에 두고

멸종의 밤을 조용히 추도했지

닮지 않은 시간들 도무지

닳지 않는 시신들의 현현

다리 밑에는 꼭 알몸의 시신들이

달려 있더라고

사라지고 나서야 아는 거야

너무 굳은 떡을 씹던 어느 날

누군가의 얼굴과 닮은 얼얼한

잇자국을 발견하고

조용히 종이 위에 얹었네

책장을 덮듯 종이를 접어,

아직 이름이 붙지 않은 통증이
경련처럼 올라오네

목구멍

세상의 모든 병(瓶)에서는
비슷한 맛이 난다
차마 울 수도 없던
묵직한 것이
가래처럼 버티고 있다

그들은 영혼이
목구멍 속에 있다고 믿었다
마음은 목구멍 속에서
기도와 식도를 넘나들고
침을 삼킬 때
울컥하고 밀려오는 건
너의 오래된 슬픔

고삽(固澁)의 모양새대로
넌 울 때조차도
목구멍을 벗어날 수 없어
먼지 맛이 나는 어제

우린 늙는다
허나 줄어들지 않는다
그 반복,
나는 분명
너라고
하나밖에 없는
목구멍으로 발화한다

타들어가는 말은
경계에서만 뜨겁다

나의 존재가
시간과 반비례 관계는
아니란 거
어쩜 우린
지독한 영생을 누릴지도 모른다

바지를 추켜 입다

—일식

그러니까 눈을 돌려서는 안 되는 거야
밤 같은 낮은 잠깐이지
누가 그렇게 흔들리며
흔들리며 달려 있으랬나

보라 아무도 관심 갖지 않는 삶이 있다
보라 어둑해져야 익어가는 끼니가 있다
보라 그저 꾸역꾸역 삼키고 뱉는 시간이 있다

바지를 추켜 입는다
아무도 관심 갖지 않는 그것이 거기 있다
아직도 있다
가실 생각을 않는다

때

보는 것이 다가 아니다
답하는 것이 다가 아니다
말하는 것은 늘 어렵지만
모든 입술 위에 말이 흐르는 것은 아니다
아무리 최신식 건물이더라도
풀잎은 틈마다 차오른다
뗏장 같은 풀잎들을
새로 올린 건물 틈 사이에서
찾아낼 때마다
오래전 홀린 말과
삼킨 말을 생각한다
보이는 것이 다가 아니다
아무리 들어도 모자란
답이 있다
아무리 떠들고 뽑아내도
멍울처럼 남는 답이 있다
이젠 답할 수 있는
시간을 지난

그대, 답 없음이
대답임을 힘겹게
인정해야 할 때가
기필코 오곤 한다

버릇

  늙지 마라 했던 짧은 충고는 손등 위에 주름으로 남
았다
  솔직히 거짓말을 하려 했던 것은 아니지만
  거짓말들은 의도와 상관없이 재림했다
  오우 너는 얼마나 거룩했지 오늘, 지금, 그대로
  늙지 마라 했던 충고는 알고 보면 고백이었다
  예를 들면 자랑은 아니지만이라고 시작한 말들은
필히 자랑으로 끝나고 솔직히 말하면이라고 붙이면 자
신의 의도가 왜곡된 채 말이 끝난다
  이렇게 살아도 된다라는 확정적 언명은 미필적고의
의 의심이다
  아무도 답을 주지 않는다 사실은 못 한다
  길만 남아 있었다
  얘야 어서 가자니까 말은 아까부터 끄덕이잖니
  다리는 떨지 말고 숨도 아껴서 쉬어야 해
  오늘은 밤이 온다 내일도 올 것이기에, 말밖에 없는
이 행성에선 너무도 당연하면서 몇 남지 않은 버릇이
다

치흔설(齒痕舌)*

　남자는 기다린다 당시 상황에서 여자의 뒤로 숨는
다는 건 불가능했으므로 근처의 기둥 옆에 서서 마치
스스로 의자라도 된 듯 자세를 잡다가 정말로 의자가
되어버린다 여자는 걷는다 동그랗게 팬 길 한복판에
서 울음을 반복한다 소리는 나지만 눈물은 없다 여자
는 이 울음이 어제가 될 수 없다는 비가역반응에 대해
이해하지 못한다 그래도 눈물은 없다 남자는 여자에
대해 반응할 시간이라고 스스로 생각한다 남자가 일
어서려 하자 의자가 배설을 시작한다 적잖이 당황했
지만 자신이 아무것도 먹지 않았던 사실이 더 의아했
다 배설을 멈출 수는 없었지만 공복의 이력은 더 부끄
러웠다 여자는 다시 걷기 시작한다 때마침 거리에는
수족관들이 배치되었고 여자는 손바닥 위에 아까의 울
음을 쓴다 남자는 조용히 따라간다 스스로 어류라도
된 듯 아가미를 열고 눈물 같은 기포를 뿜는다 '이게 내
사랑의 현재 시제야' 혼잣말이 그림자처럼 떠돌았다
여자는 유령을 믿지 않았지만 그림자는 믿었다 말하
자면 그림자가 그림자를 낳고 낳은 그림자가 다시 낳

아준 그림자를 낳는 계보학에 대해 진지했다 남자는
여자가 한 번도 뒤돌아보지 않음에 대해 스스로 모르
고 있다 정확하게는 모르고 싶다 그것을 알고 있다는
사실과 인지한 어느 사실이 계속 모기처럼 눈앞에 아
른거려 무척 성가셨다 안다는 사실을 사실로써 인정
하기 어려운 혹은 싫은 상황이 지속할 가능성이 농후
했다 잠시 후 벌판이다 비문증(飛蚊症)**의 딜레마도 여
기서는 맥을 못 추겠지 여자는 잠시 위험했다 누군가
를 의식하고 있다고 느꼈을 때, 자신이 걷고 있는 것이
아니라 딛고 있는 모든 것이 스스로 움직이는 것은 아
닐까 의심이 들었다 정체불명의 노이즈가 휴대폰의 액
정 화면을 잠시 채우다 흩어지자 남자는 오금이 저려
서 견딜 수가 없었다 하체는 이미 젖어 마를 기미가 보
이지 않았고 머릿속으로는, 알 것 같기도 했으나 이름
은 가물가물한 벌레들의 알이 슬어 부화를 기다리고
있었다 스스로 말을 하는 법을 배워야 해 스스로 그런
생각을 계속 주입 중이었다 벌판에 서자 여자는 왜 자
신의 다리는 무릎이 딱 붙지 않는지 신발의 색은 왜 보

는 방향에 따라 다른지 오늘따라 오늘이란 말이 덧없다는 확신이 더욱 뚜렷했고 몸속을 가득 채운 망상이 액체처럼 몸을 뚫고 흘러나오지 않을까 궁금했다 남자의 위치라는 것은 늘 불안한 것이어서 여자의 말과 걸음에 따라 흔들렸고 스스로 나는 흔들리고 있다고 읊조리지 않고서는 자신이 어디에 자리 잡고 있는지 어떤 주파수로 전송을 할지 정할 수가 없었다―내가 만나본 유령들은 모두 검은색이야―여자는 계단을 내려가고 있었다, 내려갈 예정이다 계단 밑으로 내려다본 구멍은 한없이 어두웠지만 왠지 따뜻했다, 따뜻했다라는 말을 읊어보다가 여자는 점점 투명해진다 이 흔들림을 멈출 수는 없을 거다 밤이 오고 있다 스스로 새겨둔 물음이 어둠 속에서 빛난다 남자가 다가왔다―이거 봐 모두 젖었어, 하지만 앉아도 좋아, 여자는 척척한 꿈속이다 그리고 의자에 거꾸로 앉아 세상에 꼭 둘만 있는 것처럼 끌어안기 시작했다 하나의 줄인 것처럼 다시는 느슨해질 틈도 없이, 벌레들은 날아오르기 시작했다 많은 사연이 밀려왔으나 삼키고 또

삼켰다 이미 꽉 찬 입속으로 끝도 없는 몸 하나를 계속
밀어 넣고 있었다 이토록 야속한 경계라니, 먹지 않고
도 배설할 수 있는 법을 연마하고 있었다 계속 투명해
질 수만 있다면 눈이 없이도 살 수 있을 것 같았다

* 한의학에서 쓰는 용어로, 혀가 부어 가장자리에 치아 및 치열 모양 그대로의
잇자국이 나는 증상을 말한다. 임상학적으로는 위장을 비롯한 소화기관 불량,
수분 부족에서 기인한다고 본다.
** 눈앞에서 날벌레 같은 것이 날아다니는 느낌을 말한다. 병리적 증세라기보
다는 노화 현상에 가깝다. 백내장의 전조로 보기도 한다.

꼬리가 묶인 붕어

왜 쟤는 저래요?
답이 없어서요

길고 긴 물길을
빠져나오면
너의 집
가볼 일 없는
지상에서 헐떡이는 건
붕어만이 아니었습니다.
또 어두운 길을 뚫고 가면
너의 집

수초를 뜯고 전선을 뜯고
길을 넘고 물을 넘어
그제야 우리는 날 수 있다

왜 쟤는 저래요
방금 길을 삼켜서요

현현/ 한현주/ 22×15cm/ 종이에 인디언 잉크

늦은 흔적

너를 밟았다

그리고 내 손에 너의 발자국이 묻어 있음을
뒤늦게 알아챈다

손이 시렸고, 또 누군가의 화초처럼
난 늙는다

답이 정해진 질문이 아니기에
끝없이 되물어보는 버릇

언제나 당신은 두 번씩 답하는 버릇을
버리지 못한다

구름이 발자국이며, 하늘이라 이름 붙인
어느 우주는 이토록 동그랗다

어떻게 하든 난 길을 따라갈 것이었으면

굳이 길을 길이라 하지 않아도 좋으리라

별빛

생이 하나의 막차라고 생각한 때가 있었다
다시는 만날 수 없는 빈자리들, 때론
막차를 기다리는 역으로 10량짜리 열차가
속을 환히 드러낸 채, 통과하기도 한다

그렇게 한 번쯤은
다시 볼 거라고 생각했다
잘못 짚어 내린 역은
그렇게 관대하지 않았고
덜덜 떨며 자판기 커피나
비우고 있을 만큼의 자리만
희뿌옇게 보였다

다시는 기도하지 않겠다
주문 욀 일도 없을 것이다
막차 뒤에 달려
반짝거리는
불 빛 불 빛 별 빛
닮은 담뱃불

오래 타고 있었다

발

문

심연으로 통하는 길

이성혁 문학평론가

1

등단한 지 근 20년 만에 펴내는 우혁 시인의 첫 시집 『오늘은 밤이 온다』의 말미에 글을 싣게 된 것은 그와 만만치 않은 두께의 인연이 있어서일 듯하다. 그와 알고 지낸 지 딱 30년이다. 우혁 시인이 대학에 들어온 1991년부터 대학 문학동아리의 선후배 사이로 필자는 그와 인연을 맺기 시작했다. 대학 졸업 후에도 그와 얼굴을 안 본 해가 없을 정도로 지속적인 만남을 이어왔으니, 함께 나이 들어간 사이라고 하겠다.

우혁 시인은 대학 1학년 때에도 시를 썼다. 그리고 필자는 그의 적지 않은 시편들을 읽어 왔다. 하지만 띄엄띄엄 읽어왔기 때문에 '우혁 시인의 시 세계'라고 할 만한 그림은 그려지지 않았다. 그런데 등단 후 20년 동안에 쓴

시편들을 모아놓은 원고들을 읽어보면서야, 비로소 그의 시적 개성을 어느 정도 짐작할 수 있게 되었다. 그의 시는 낭만적 감성을 바탕에 두면서도 모더니즘적인 암울함으로 젖어 있다는 것, 고독 속의 상처를 토로하고 있지만 타인의 삶에 무심하지 않다는 것, 감성적인 것 같으면서도 철학적이라는 것 등을 알게 되었다. 이와 함께 그의 시편들이 단순하게 독해될 수 없다는 것도 알게 되었다.

우혁 시인의 시가 단순하게 읽히지 않는다고 해서 필자가 여기에 어떤 '해설'을 쓰고자 하는 것은 아니다. 그와의 오래된 개인적인 관계 때문인지 '해설을 쓰겠다'는 마음은 일어나지 않았다. 선후배로 지내다가 갑자기 평론가 포지션을 취한다는 것이 어색해서 그럴 것이다. 이에 일종의 '발문' 형식으로, 생각 가는 대로 독후감 형식의 글을 써보려고 한다. 우선 시집의 처음과 끝에 배치된 시에 눈이 갔다는 것을 언급해두고 싶다. 시집은 '별'에서 시작해서 '별'로 끝난다. 시집을 여는 시의 제목은 「별이 떨어진다」이고 시집을 닫는 마지막 시의 제목은 「별빛」이다. 수미상관을 생각한, 의도적인 배치이리라. 이러한 배치는 '별'이 우혁 시인에게 알파와 오메가라고 할 핵심적인 상징임을 짐작케 한다.

「별이 떨어진다」의 서두에서, 시인은 수억 년의 시간을 거쳐 지구의 지상으로 떨어지며 그의 앞에 닿고 있는 별빛에 대해 "이름을 붙이기로 했다"고 말하고 있다. 이 말은 이 시집의 시편들이 멀리서 다가오고 있는, 그리고 이편에서 시인이 다가가고 있는 '별-너'에게 이름을 붙이고자 하는 시도의 결과물임을 암시한다. 우리 사이에 존재하고 있었으나 미처 알아채지 못했던 '너'의 존재를 다시 찾아내고 거기에 '이름-언어'를 부여하는 것, 나아가 '너'와의 만남이 이루어졌던 경험에 대해 다시 의미화하는 것, 그것이 우혁의 시를 형성한 것임을 말이다. 그렇다면 그에게 시 쓰기 작업이란 형체가 분명하지 않은 경험이나 숨겨져 있는 존재에 대해 언어를 부여하여 가시화하는 일이겠다. 그 자신이 이 시의 전반부에서 자신의 시 쓰기란 숨어 있는 어떤 길을 찾기 위해서임을 다음과 같이 말해주고 있다.

이름을 붙이기로 했다
수억 년 조금씩 걸어온 너에게,

닿지 않는 것이 아니라
시간이 걸리는 것
먼지와 탁한 공기 때문이 아니라
멈춘 듯, 허나 쉬지 않는
검은 장막이 일렁이고 있어서인 걸

장막의 주름마다

숨결 같은 마음이

멀리서 오는 빛처럼

숨어 있다는 걸,

그 고랑 사이의

물결이 너와 나 사이의

길이었다는 걸

—「별이 떨어진다」 부분

    시인에 따르면 "먼지와 탁한 공기"가 '나'와 '별-너' 사이의 만남을 방해하긴 하지만 그것 때문에 만남에 시간이 걸리는 것은 아니다. 그것은 둘 사이에 "쉬지 않는 검은 장막이 일렁이고 있어서"다. 그 장막의 주름마다에는 "숨결 같은 마음이/ 멀리서 오는 빛처럼/ 숨어 있"으며 그 마음은 주름이 만든 "고랑 사이"에서 물결처럼 흐르고 있다. 우리는 타인과의 관계를 생각할 때 소통의 유무를 두고 그 진정성을 생각하고는 한다. 하지만 위의 시에 따르면 관계의 진실이란 그렇게 단순하지 않다. 소통이 잘되지 않는 편이 어쩌면 진실한 관계를 이루도록 이끈다고 할 수 있다. 이에 따르면 진실한 관계를 이루기 위해서는 둘 사이의 장막을 인지하고 그 장막의 주름 사이에 서로에게 보내는(흐르는) 마음이 숨어 있다는 것, 그리고 그 마음이야말로 상대방에게 건너갈 수 있는 물길이 될 수 있다는 것을 인식해야 되는 것이다. 투명한 소통이란 없다. 그러한 소통은 거짓이거나 환상에 불과하다. 이러한 소통을 지향할수록 우리는 환멸에 빠진다. 둘 사이에 숨어 있는 무엇(마음)을 찾아내고 이를 바탕으로 '너'에게로 건너가는 길을 발견해야 한다. 그리고 그 길을 찾아내는 작업이 우혁 시인의 시 쓰기일 것이다.

2

'관계'는 인식이나 발견이라는 말로만 포착할 수 없고, 무엇보다도 몸을 통해 이루어진다. '너'와의 관계가 맺어질 때, 나의 몸에는 어떤 자국이 찍힌다. 이 시집의 핵심적인 시어인 '잇자국'이 바로 그러한 자국이다. 「잇자국」에서 화자는 상류에 올라가 흐르는 몸들의 이름을 부른다. 위에서 이름 붙이기가 우혁 시인의 '시-작업'임을 보았듯이. 그러자 화자에게 건너온 몸들에는 "곳곳이 잇자국투성이"가 있었다고 한다. 타자를 향해 흘러가는 존재들에는 그 타자의 잇자국이 남는다는 뜻일까. 그런데 타자가 꼭 눈앞에 있을 때만 그러한 잇자국이 생기는 것은 아니다. "깊은 나의 것들이 너의/ 그림자들로 깊어"질 때,

하여 '너의 그림자'에 젖어 들 때 '나'의 존재는 "너의 잇
자국"이 된다니 말이다. 시인은 나아가 세상 자체가 그러
한 잇자국으로 존재한다고 말한다. "세상은 온통 물린 자
국뿐"이라는 것. 잇자국의 존재론이라고도 할 수 있는 이
러한 생각에 따르면, 세계의 존재자들은 타자의 깊은 흔
적으로서 존재한다. 그 타자가 찍은 자국이 현재 '나'의
존재를 형성시킨다. 그러나 아래의 시에 따르면, 우리는
이 잇자국이 난 사태를 잘 기억하지 못한다. 다만 어떤 슬
픔의 감정만이 '선명하게' 남아 있을 뿐이다.

> 아직 빛나고 있길 바란다
>
> 손을 베고 떨군 칼
>
> 기억 속에서는 헛헛한데
>
> 그저 슬픔만 상처처럼 선명하다
>
> 시간은 날카롭고 길어지는 손톱처럼
>
> 먼 곳으로 갈수록 위험한 것
>
> 칼을 떨구고 길을 떠났지
>
> 다시 그 잇자국을 발견할 때까지
>
> 나는 내 길의 고고학자가 되리라
>
> ─「물속의 칼」 전문

확실히 알 수는 없지만, 위의 시의 화자는 자해를 했던

것 같다. 여하튼 그는 "손을 베고 떨군 칼/ 기억 속에서는
헛헛한데/그저 슬픔만 상처"로 남아 선명하다고 말하고
있다. 손을 벤 칼이 자해에 사용되었다고 하더라도, 그것
은 시인의 삶에 깊이 각인된 타자성을 의미할 것이다. "칼
을 떨구고" 떠난 '길'이 '잇자국'과 등치되고 있는 것을 볼
때, 처음 그를 물었던 것이 그 칼임을 짐작할 수 있다. 그
사건 이후 시인의 삶은 이전의 삶과는 다른 길이 되었을
테다. 그의 삶의 길은 잇자국이 되었으니 말이다. 이에 시
인은 그 '헛헛한' 기억의 잇자국을 고고학자처럼 발견해
내겠다고 선언한다. 이는 그 잇자국을 찾아내는 일이 바
로 '고고학자-시인'으로서의 시 쓰기 작업이 될 것이라는
의미일 터, 그 일은 시간을 거슬러 올라가 손을 베었던 칼
을 찾아내는 일이기도 하다. 그래서 시인에게 시간이란
"날카롭고 길어지는 손톱처럼" 자라나는 것, "먼 곳으로
갈수록 위험한 것"이다. 깊이 들어갈수록 위험한 물속처
럼. 그래서 시의 제목이 '물속의 칼'이겠는데, 그 제목은
자신이 떠나온 '길-잇자국'을 찾는 일이 '물속의 칼'이 있
는 곳인 날카로운 시간의 깊이 속으로 들어가는 일임을
가리킨다. 그것은 "물속으로 길을 만들어야 하"(「물속의
길」)는 일인 것이다.
　　'칼'과 '길'의 복잡한 얽힘을 보여주는 시는 「그 길을」
이다. 이 시집에서 드물게 그로테스크한 이미지들이 등

장하는 이 산문시는 어떤 원초적 상처를 고통스럽게 떠올리는 사람의 기억처럼 뒤틀리고 파열된 흐름으로 전개된다. 이 시의 화자는 '오랜만'에 칼을 쥐면서 처음 손을 베었던 기억을 떠올리는 듯 보이는데, 이는 자신이 걸어온 '길-잇자국'을 찾아나가는 시의 고고학을 실천하기 위해서일 것이다. 몇몇 구절들은 우혁 시의 핵을 보여준다고 생각되어서 언급해두고 싶다. "우리는 뼈를 스치며 날을 움직였다"라는 구절과 "길은 날 끝을 따라 반응했다"는 구절은 '잇자국-길'이 살을 베는 칼날에 따라 형성되었음을 암시한다. 뼈를 스칠 정도까지 깊숙이 들어간 칼날은 그만큼 깊은 상처를 만들었을 것이며, 그 잇자국과 같은 상처의 시간이 길이 되었음을 말이다. 그렇게 그 길은 저 살 속 깊숙한 곳으로부터 형성되는 것이기에, 시인은 "길은 내장에서 비롯한다"고 말하고 있다. 나아가 시인은 그 내장에서 피를 연상하면서 길이 "간이 덜 밴 채 혈장이 되는" 과정을 서술하고 있다. 그 '피-길'을 "때로는 삼켜야" 한다면서 말이다.

　지금까지의 읽기에 따를 때, "칼을 거꾸로 쥐"(「그 길을」)고 살 아래 내장으로부터 형성되는 길을 밖으로 표출시키면서 그 길을 되짚는 작업, 나아가 그 길을 먹기까지 하는 작업이 우혁 시인의 시 쓰기라고 말할 수 있겠다. 시 「몸 밖」에서 시인은 이에 대해 "제 맘을 열고 나면 그때부터는 몸으로 길을 만들어 쓰는 것이다"라고 좀 더 부드럽게 표현한다. '맘'의 속살을 열고, 그로부터 흘러나오는 마음에 따라 몸이 나아갈 때 길은 만들어지고 시는 쓰인다. 하지만 위에서 보았듯이 우혁 시인의 발걸음은 가볍지 않다. 몸이 나아가면서 만들어지는 길이란 한편으로 타자의 잇자국이 몸에 새겨진다는 것을 의미하기 때문이다. 몸이 길을 만들어내지만, 이는 반대로 길이 잇자국 가득 새겨진 몸을 만들어내는 일이기도 하다. 그래서 우혁 시에서의 몸은 세계로 확장되면서 용해되기보다는 삶의 시간이 안으로 새겨진 화석처럼 존재한다. 그 몸에 새겨진 시간의 지층이 타자의 잇자국을 찍으며 그 지층의 끝에서, 아래 시의 마지막 문장에 따르면 시는 "혀끝에 달라붙"기 시작한다.

밤은 단단하다 낮부터 숨겨둔 이야기들 입안에서 깔깔하다 분명 자신의 그림자를 그림으로 남겨둔 고대의 풍습이 남아 있을 법도 하건만 말랑한 뇔 자리가 나온 이후로, 자리는 온갖 허물들의 지층만 쌓아 올린다 꿈자리는 고열과 땀으로 얼룩진 며칠이다 지리한 꿈이 몇 겹이나 들러붙은 유적지, 꿈의 단위는 시간이다 아직도 밤은 단단하다 휘젓는 손짓 몇 번에 끈적한 속살들이 들러붙는다 잊어야 한다 누워 있던 자리, 잊었던 것은 종종 피 묻은 몸으로 나타난다 모든 화석은

욕창을 앓는다 요컨대 뼈저림의 시작, 끄덕대며 기웃하며 고
개를 가누지 못하는 내 성체(成體)는 석탄기나 데본기의 어
느 지층에서 발굴될 듯하다 밤에만 느낄 수 있는 몸, 기어이
보고 말겠다고 오래 붙어 있던 허물들 털어낸다 훌훌 불며
검붉은 물을 마시는 시간, 詩는 그때쯤 혀끝에 달라붙는 것
같다

―「화석을 만지는 밤」 전문

　우혁 시인의 시가 움트는 시간은 밤이다. 그의 밤에는
"온갖 허물들의 지층만 쌓아 올"리며 밤의 꿈자리는 "고
열과 땀으로 얼룩진"다. 그 허물들이란 낮 생활의 잔재들
의 이미지 아닐까. 프로이트를 따라 말하자면 그 이미지
들이 꿈의 표면적 내용을 형성할 터이다. 그런데 그 꿈들
이 "몇 겹이나 들러붙"으면서 꿈의 장소일 '유적지'를 이
루며, 그곳에 들러붙은 허물들과 꿈들이 "끈적한 속살들"
로 변하면서 유적지는 "피 묻은 몸"이 된다. 시인에게 꿈
꾸기란 피투성이 몸이 되는 것, 그 몸으로 얼룩진 며칠을
보내면서 "욕창을 앓는" 화석이 되는 일이다. 그리하여
"내 성체(成體)"는 "석탄기나 데본기의 어느 지층에서 발
굴될" 화석이 될 것이며, 그 화석에 "오래 붙어 있던 허물
들", 그 꿈의 표면적 이미지들을 털어낼 때 속살들로 이
루어진 피투성이 몸은 드러날 것이다. 그리고 그 몸에서

홀러나오는 "검붉은 물을 마시는 시간"을 갖게 되면 시는 "혀끝에 달라붙"기 시작할 것이다. 다시 말해 꿈의 표면적 이미지들 아래의 속살을 드러낼 때, 그리하여 욕창과 같은 상처의 시간이 새겨진 내면의 화석을 발굴하여 그로부터 홀러나오는 검붉은 물("내장에서 비롯한" 길)을 마실 수 있을 때 시가 탄생하는 것이다.

3

우혁 시인에게 길이란 사방으로 트인 길이 아니라 시간의 안쪽으로 깊숙이 들어가는 길이다. 그것은 속살의 상처 속으로 들어가는 길이요, 단단한 뼈와 같은 무의식 지대까지 내려가는 길이다. 아래의 표제작이 보여주듯이 지하실 아래로 내려가는 길인 것이다.

누구나 지하실에 내려갈 수 있다.
더구나 수가 많은 가족들 사이에선
누가 내려갔는가는 공공연한 비밀이다.

누군가 내려갔다.
컴컴한 계단을 슬쩍 넘어

지금은 어둠 속에 유일하게 밝은
자신의 눈과 대면하고 있을 것이다.

세수를 할 때나 혹은 설거지를 할 때
수도관 사이로 웅웅거리는
진동은 그의 울음 같은 것이라고
알아주기를 그는 바랄는지 모른다.

사실은 얼마 전부터 벽에 스는
곰팡이가 그의 손짓 같은 것은
아닐까 맘대로 생각하고 있는 중이다.

아무도 쓰지 않던 지하실 문을 막아버린 날
그는 끝내 올라오지 않았다.
가끔 수도와 가스가 끊기면
우리는 그의 외로움에 대해서
조용히 속삭이곤 했다.
입구는 막혀 있지만
출구는 어딘가 있을 것이다.
그렇게 믿고 싶은 것이다.
살아가는 일, 숨는 일, 숨 참는 일
비슷한 일과였다.

지하실에 내려가 갇혀버린 '누군가'는 누구일까? "누
구나 지하실에 내려갈 수 있다"는 첫 행을 보면, '아무나'
이겠다. 너나 나도 바로 그 '누구나' 중 한 사람이 될 수 있
다. 나도 지하실에 갇혀 있지 않는가? 그렇다면 저기 걸
어가는 사람도 지하실에 갇혀 있는 자 아닐까? 지하실에
갇혀버린 자는 어디에나 있을 수 있는 것, "수도관 사이
로 웅웅거리는/ 진동은 그의 울음"일 수 있다. 지하실의
인간은 자신의 내면 안으로 걸어 들어간 사람이겠기에,
시인이야말로 그 지하실의 인간이라고 할 수 있을 것이
다. 지하실의 인간은 지하실에 가만히 앉아 울고만 있지
않는다. 그는 "출구는 어딘가 있을 것"이라고 믿고 있으
며, 그래서 그는 출구를 찾아 어딘가 걷고 있는 사람이다.
숨고 숨 참으며 살아가면서 말이다. 시인이라는 지하실
의 인간은 "바닥을 만나자 떠나는 심정으로/ 길을 뜨"는
사람, 그럼으로써 "얼얼하고 또박대는 진동의 낱말들"을
"가장 낮은 헛바닥"(「발바닥」)이 되어 발설하는 자다.

　우혁 시인에 따르면 시인은 발바닥을 통해 발설되는
말을 찾는 자다. 그는 지상의 세계를 걸어 다니지만 발바
닥 밑의 세계, '물속의 길'을 읽어낸다. 그 세계에는 깊은
물속의 심연, 죽음 언저리에 닿아 있는 길이 있다. 이 심

연은 관념에 의해 만들어진 것이 아니다. 그것은 "다만 겨울이 아니길/ 다만 결제일이 아니길/ 다만 푼돈이라도 있는 날이길"(「물속의 길」) 소망해야 하는 삶이 파놓은 것이다. 우혁 시인의 시가 사회성을 띠게 되는 것은 이때다. 그의 발바닥에 탐지되는 것은 현실적인 고난이 만들어놓은 심연 속을 헤매 다니는 도시인들이다.

「가시」는 깊은 심연이 곳곳에 숨어 있는 도시를 보여주고 있다. 그 심연은 "길가에 서 있던 건물들"이 벌린 틈 사이로 양산하는 "끝도 없는 골목"으로 나타난다. 이 골목을 돌아다니는 시인 내면의 심연은 도시 공간의 뒤엉킨 골목과 합치된다. 도시의 심연 속을 유영하는 삶, 그 물고기들과 같은 삶에는 가시가 돋아 있다. 붕어빵 장사를 하는 아줌마가 열어 보인 붕어빵 속에도 가시가 있듯이. 도시의 심연인 "골목은 흉물스러운/ 가시들의 윤곽이" 되며, 그 가시에 "사람들은 쉽게 입천장을 찔리거나/ 각혈을" 한다. "기껏 모아놓은 말들은" "유령처럼 건물 속을 헤집고 다"닐 수 있을 뿐이다. 이렇듯 우혁 시인이 골목을 돌아다니면 발바닥으로 읽어내는 세계는 음울하다. 지상의 도시 세계는 물속의 심연과 불안하게 맞닿아 있다.

「다리 위의 사람들」에서 시인은 지금이라도 저 물속 심연 속으로 빠져 들어갈 것만 같은 도시인들을 포착한다. 그들은 강물 위 다리를 "매일 저녁이면 서성대는 사람들"인 것이다. "난간에 기대" "몇 푼 보증금 때문에 죽고 싶다고" 말하는 사람들. 시인은 그 말이 "단순히 허기이거나/ 가난이란 말이/ 아니라는 걸 짐작했"다고 한다. 그는 가난보다 더 깊은 마음의 심연을 난간에 기댄 그들의 모습에서 보고 있는 것이다. 그 심연이 가난에 의해 형성되었다고 하더라도 말이다. 이 시 2연에서 시인은 저들의 초상을 다음과 같이 그려내고 있다.

다리 위에 사람들이 있어
유령처럼 바람을 타고 있네
깜박이며 희미한 윤곽
깊이, 그림자 물결 위에 새겨지지
다리 중간쯤에, 뜻 없이
매어둔 개가 짖으면,
상판까지 불어난 물 위에
제 그림자를 뜻 없이
비춰보는 얼굴들,
깊은 강은 놓치지 않고
흔들어대지
다리 위에 사람들이 있네
그림자만, 저녁 해거름

물결 위로 목 길게 늘인

탁한 가을

―「다리 위의 사람들」부분

저들이 "상판까지 불어난 물 위에/제 그림자를 뜻 없이/ 비춰보는" 까닭은 그 물이 자신의 심연(그림자)을 가리키고 있기 때문이리라. 그들의 모습은, 물 위에 비친 그들의 "희미한 윤곽"으로 흔들리는 얼굴들처럼 '유령' 같아 보인다. 이 유령의 얼굴들을 "깊은 강은 놓치지 않고/ 흔들어대"는데, 그 흔들리는 얼굴에서 저들은 자신의 삶이 물결 위로 늘어진 그림자로서만 실존하고 있음을 서럽게 확인할 것이다. 하여, 도시 속 심연을 헤매며 그림자로 살아가는 저들은 저마다 마음속에 심연을 안고 있다. 시인의 발바닥이 감지해내는 것도 그 심연일 테다.

앞에서 읽은 바에 따르면, 우혁 시인은 자신의 심연(물속)에서 타자의 '잇자국', 그 속살에 난 상처가 형성한 길을 찾아내어 밖으로 끌어내는 것에서 시의 길을 만들어 가려고 했다. 그리고 시인이 「잇자국」에서 자신에게로 흘러오는 사람들의 몸 곳곳에 잇자국이 찍혀 있음을 발견하고 있는 것도 언급한 바 있다. 그들의 잇자국을 저 다리 위 사람들의 그림자 같은 모습이 보여준다고 하겠다. 잇자국을 찾는 일은 시인에게 우선 '물속의 칼'을 찾는 작업, 즉 자신의 심연 속으로 들어가는 작업이기도 했다. 저들에게 그림자로 현현하는 잇자국 역시 그들의 삶에 형성되어온 심연의 시간을 드러내고 있을 것이다. 여기에 어떤 반전이 존재하게 되는 것은 아닐까. 저들 자신의 심연을 보여주고 있는 저들의 유령 같은 모습은 어떤 물결, 앞에서 언급한 「별이 떨어진다」에 등장하는 그 '물결'이 되어준다고 말이다. 심연이 일렁거리는 저들의 모습은, 시인에게 "너와 나 사이의/ 길"(「별이 떨어진다」)이 될 수 있는 물결로써 다가온다. 이는 시인 역시도 잇자국에 의해 이루어진 깊은 심연을 안고 살아가고 있기에 가능한 일이다.

4

다리 위의 사람들에게 그림자로 찍혀 있는 잇자국들, 그 상처들로 인해 형성된 깊은 심연이 시인과 그들을 이어주는 통로를 만든다. 시인이 물속 심연 아래로 내려가면서 만든 시의 길은 이제 너와 나의 만남이 이루어지는 물결의 길로 통하게 된 것이다. 유령과 같은 존재인 저들은 이제 별이 되어 별빛을 시인에게 비추는 존재들로 전환된다. 한편, 그것은 저들처럼 마음의 심연을 품고 도시의 심연 속을 헤매 다니며 살아가고 있는 시인 자신—시가 탐색했던 바로 자신의 길—이 지금의 시인에게 빛을 비추는 별이 되었다는 의미도 된다. 즉 시인은 자신의 심연에 시의 길을 놓음으로써 자기 자신과 만나고 화해할 수 있게 되었다고 할 수 있는 것이다. 이러한 반전은 지나친 해석의 자유를 행한 것이라고 생각할 수도 있겠다. 하지만 시집의 마지막에 실린 시 「별빛」은 이러한 해석이 가능할 수 있음을 보여준다고 생각한다. 옮겨본다.

그렇게 한 번쯤은
다시 볼 거라고 생각했다
잘못 짚어 내린 역은
그렇게 관대하지 않았고
덜덜 떨며 자판기 커피나
비우고 있을 만큼의 자리만
희뿌옇게 보였다

다시는 기도하지 않겠다
주문 욀 일도 없을 것이다
막차 뒤에 달려
반짝거리는
불 빛 불 빛 별 빛

닳은 담뱃불

오래 타고 있었다

—「별빛」 전문

제목 밑에 달린 부연 글에서, 시인은 "생이 하나의 막
차라고 생각한 때가 있었다"고 쓰고 있다. 위의 시의 화
자는 그 막차에서 내린다. 하나의 생이 끝난 것이다. 물론
다음 날 다른 기차가 올 것이고, 시인은 그 기차를 탈 것
이겠지만, 어떤 주기의 생은 마감된 것이다. 그러나 그가
내린 곳은 "잘못 짚어 내린 역"이다. 그가 생각한 도착지
가 아니었다. 그가 도착한 곳은 그에게 전혀 '관대'한 곳
이 아니어서, "덜덜 떨며" 밤을 지새워야 하는 곳이다. 하
지만 시인은 떠나는 막차를 보내며 그곳에서 다른 생을
위해 밤을 새울 마음의 준비를 할 것이다. 그렇기 때문인
지 그는 이전의 생을 반복하지 않겠다고 굳게 다짐한다. 2
연의 1, 2행을 보면, 이전의 생은 기도하거나 주문을 외곤
했던 생이었을 것이다. 무엇인가를 갈망하고 희망하는 생
이었다는 의미다. 시인은 이제 그러한 생을 살지 않겠다
고 다짐한다. 그때 멀어져가는 막차 뒤에서 누군가 태우
는 담뱃불이 반짝거리는 것을 본다. 그것은 떠나가고 있
는, 이젠 타자가 되어버릴 시인의 어떤 생이 반짝거리며
사라지는 모습이라고도 할 수 있겠다. 저 담뱃불의 '불 빛'

에서 시인은 '별 빛'을 본다. 그 빛은 사라지는 타자—과거가 되고 있는 시인 자신을 포함한—가 자신의 존재성을 시인에게 비추면서 남기는 별빛이다.

위의 시를 시집 마지막에 실은 것은 위의 시 앞에 실린 시편들이 바로 그 별빛을 그려낸 것이었음을 암시한다. 시인 자신의 삶을 포함하여 타인들의 삶이 발했던 별빛들, 그 빛들에 숨어 있는 물결을 발견하고 그 속에서 "너와 나 사이의/ 길"을 찾아내는 시 쓰기의 결과가 이 시집의 시편들이라는 것을 말이다. 이 '길 내기'의 시편들을 시집 안에 다 실었을 때, 이제는 막차가 떠나듯 시집도 시인의 손에서 떠나갈 것이다. 이 막차에는 시인이 시를 쓰던 숱한 밤들의 시간들, 그리고 그 시간들에 각인된 삶의 구체적인 무늬들이 탑승해 있을 것이다. 그리고 시집에 마지막 시를 실었을 때, 시인은 비로소 그 삶의 무늬가 뒤엉킨 시간들과 작별할 수 있게 되었을 것이며, 그 떠나가는 시간들이 오래 타는 담뱃불로 별빛처럼 반짝거리고 있음을 시인은 바라보게 되었을 것이다. 저 별빛을 바라보면서 시인은 비로소 삶의 심연을 이해할 수 있게 되지 않았을까? 잘못 내린 역에 서 있는 자신이 여전히 심연의 장소에 존재하고 있음도 깨달으면서. 하여 그는 다음과 같이 고개를 끄덕이며 '잊은 내 의지'를 소환하고 있다.

골목을 알고 있다 끄덕였다

잊은 내 의지를 더 강한 바람이 흔들었다

또 그 골목이었다

—「아는 골목」부분

삶
창
시
선

———